鳥龍院　精彩大長篇

9

漫畫　敖幼祥

人物介紹

烏龍大師兄

體力武功過人的大師兄，最喜歡美女，平常愚魯但緊急時刻特別靈光。

大頭胖師父

菩薩臉孔的大頭胖師父，笑口常開，足智多謀。

烏龍小師弟

鬼靈精怪的小師弟，遇事都能冷靜對應，很受女孩子喜愛。

長眉大師父

大師父面惡心善，不但武功蓋世內力深厚，而且還直覺奇準喔。

活寶「右」

長生不老藥的藥引——千年人參所修煉而成的人參精，正身被秦始皇的五名侍衛分為五部份，四散各處，人參精的靈魂被烏龍院小師弟救出，附身在苦菊堂艾飛身上。

活寶「左」

活寶陰陽同株中的「陽」，和附身在艾飛身上的「右」從前是一對戀人。在被大秦的煉丹師追捕時，拋棄了跌入陷阱中的「右」，後附身在肺癆書生「張總管」的身上，開啓了營救「右」的旅途，卻因為宿主的拖累漸漸耗失了原力。

艾　飛

苦菊堂艾寡婦之女，個性古靈精怪，被活寶附身後，和烏龍院師徒一起被捲入奪寶大戰，必須以五把金鑰匙前往五個地點找出活寶正身；與小師弟雙雙浸浴青春池，兩個人瞬間變得非常成熟，但在青春池崩潰、原力消失後，回復了小丫頭身分。

張總管

被活寶「左」附身，原本在「四眼牛肉麵」打工，後來成為「一點綠」客棧的總管，其實只是被利用來尋找活寶「右」的傀儡而已。

辣婆婆

烤骨沙漠中「一點綠」客棧的老闆娘，也是唯一知道「地獄谷」正確所在地的人。身為超級美食主義者，為了徵選一位辣味專家，舉辦「金牌辣廚」大賽。

五朵花

「一點綠」客棧中的服務員，分別是「小甜瓜」、「小蘋果」、「小草莓」、「小紅柿」、「小葡萄」。

水觀音

由五行大將軍中的「水將軍」變身而成的妖怪，為了搶奪活寶假扮成美少女「江少右」，偷偷跟隨著烏龍院師徒一行人。因為體內有五分之一活寶的原力，所以可以使喚各式各樣的水成為武器。

沙克·陽

煉丹師第三十三代傳人，長相俊俏、女人緣佳、身懷祕技，和烏龍院大師兄一起合作進入地獄谷尋找活寶，心裡卻暗藏著更大的野心。

五把金鑰匙

金鑰匙，位於鐵桶坡。　　木鑰匙，位於五老林。　　水鑰匙，位於青春池。　　火鑰匙，位於地獄谷。　　土鑰匙，位於極樂島。

目録

第 65 話

火將軍千年怒目之謎

舉鼎險出地獄谷，笑裡藏刀現殺機

我記得象棋裡的「相」是不能越界的。

可是這隻「相」……

竟然飛過了河…

而且還當上了王…

會不會是無聊的三八蟑螂幹的……

火將軍在自盡之前悲憤的擺下這盤棋，一定有他的用心……

自己棋裡面的「相」跑到別國去當王，當然不爽啦！

但是他自己的元帥為什麼也不見了呢？

失蹤的帥去哪兒了？

會不會氣得出家當和尚？

嗯！

也有可能回家生孩子去囉！

或是改行去做企業CEO。

唔～百思不解哪！

歷史不錯嘛！

考大學一定很高分囉！

你就不能正經一點嗎？

煩人的傻瓜！

臭屁什麼！

要打架嗎？

碰

啊！

完啦！

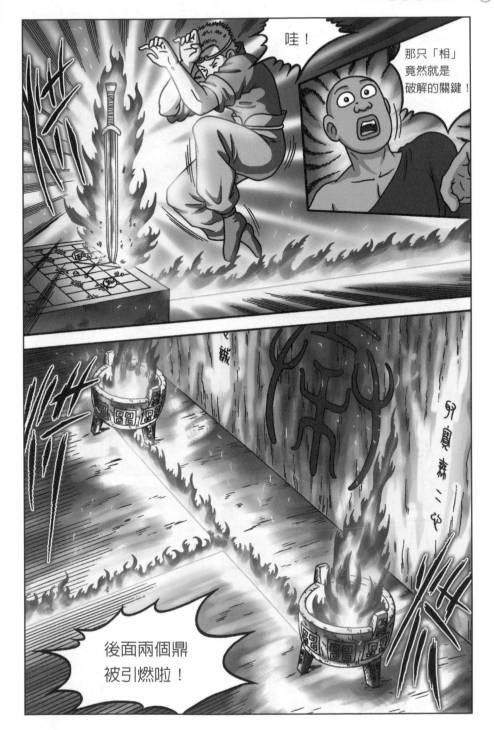

你看！牆上還刻著奇怪的字！

那是古篆體，「舉鼎示忠誠，取寶無二心」

厲害！這麼有學問。

意思就是移開這兩只鼎就能取得活寶了。

難怪辣婆婆要安排兩個人一起來。

糟糕！失去重心！

慘啦！火苗噴到頭上了！

哇

撐住！
讓我助你一臂之力！

但是這上面有一道火字標鎖！

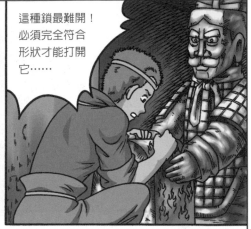

這種鎖最難開！必須完全符合形狀才能打開它……

真是難倒我了呀！

實在是無能為力……

算了！我們撤吧！

啥？

放棄了嗎？

也許……

我可以試試。

別傻了！你要用頭去撞開嗎？

不是。

啦啦！因為我有鑰匙！

你怎麼可能會有鑰匙？從哪裡拿到的？

祕密！

什麼？

石壁崩了！外面的沙子像決堤一樣灌進來啦！

天哪！

用不了幾分鐘這裡就會被沙子全部淹沒了！

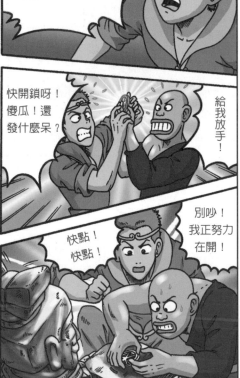

快開鎖呀！傻瓜！還發什麼呆？

給我放手！

別吵！我正努力在開！

快點！快點！

開了！

開了！

哦？活寶竟然藏在秦俑的腦殼裡！

喂！

先給我保管！

快點！裂縫愈來愈多了！

你休想獨吞！

這樣根本逃不出去呀!

沙子阻力好大!寸步難行。

唯一的辦法就只有踩著這些秦兵的屍體前進了!

快衝到階梯上,那裡是逃生的出口!

對不起!

對不起!

我頂住啦！你趕緊爬出來！

哇！

啊！眼前漆黑一片？

一定是剛才突然用力過猛，擠壓到視神經。

我什麼都看不見了！

晴天霹靂呀！

HOMMLON！

抓狂

我瞎了！

為了活寶而犧牲！

燦爛的青春瞬間凍結！

這輩子見不到西湖美景！

看不到偉大壯闊的長城！

就連最喜歡的美女們也永別了！

美麗人生被捲入闇黑的世界裡……

沙克，你記得回程的路嗎？

你有沒有搞錯呀？

我背著你這瘸子走路很吃力吔！

不認得了！沙丘隨風變化，你就朝東試試吧！

反正你是瞎子，沒有我指點也是死路一條。

嗚…

試試？

喂！別太顛！

再挑剔就拖著你走！

你傷得好嚴重！

快喝點水

我也是傷者哪！

水

水

咕嚕

咕嚕

幸虧遇到江小姐，否則就回不去了……

沙克，你我相遇不是巧合，而是命運。

…

一個古老的命運…

妳…

沙克，我的
肚子好痛呀！

腸子好像被
刀子割斷了
一樣……

水裡有毒？

水！

「江少右」！
江字少了
右邊……
就是一個
「水」！

妳就是
「水觀音」！

五行大將就在
斷雲山把活寶劈為
五份，各自尋找祕密地
點封藏，但是水觀音卻違背
了誓言私吞活寶，並企
圖建立自己的女帝國。

但是她的
複製人缺乏對自
然界的抗體，脫離
不了青春池，因此必須
出來再找另一個
活寶去強化能量。

水觀音是
一個野心勃勃
的超級叛徒加
女強人！

那你呢？

找到活寶要
拿去賣錢嗎？

我是煉丹師的
傳人，註定一
生必須忠於使
命，追回活寶
送返咸陽……

為什麼要把活寶送回咸陽?

喂!你怎麼啦?

沙克!

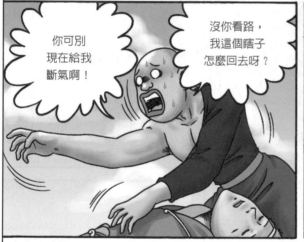

你可別現在給我斷氣啊!

沒你看路,我這個瞎子怎麼回去呀?

?

嘎嘎
嘎
嘎

嘎嘎

什麼東西?

第 66 話

刺喉的水舞者

從一灘水裡猛然揮出利刃的殺人魔

張總管對我養的鳥寶貝有成見嗎?

我認為一定是偏離了原訂的路線。

在沙漠裡迷失了方向。

啊!老闆娘!我不是故意要影射妳的……

你們朝著日出的方向,一個向左,一個向右。

做地毯式的搜索。

如果這一次再偷懶

就罰你們在鳥籠裡待完下半輩子!

喔!超鳥出動!

呱

SHOOO

嘖!欠罵!

你們可別自己也迷路啦!

妳花痴啊？

這種時候還在繡那驢蛋！

人家心裡想他嘛～

夠啦！通通閉嘴！

哼！

隔壁那幫痞子快要按耐不住了。

全世界的人都在著急，就只有大師父不急！

我一急就猛嗑花生，肥死了！

急的事情急也沒有用。

不急的事情也不用你急。

不能不急呀！
大師父！

活寶七七四十九天的期限又過去兩天了。

萬一艾飛熬不住怎麼辦？

嚴格算起來，只剩下五天時間了。

金 木 水 火 土

除了鐵桶坡和五老林找到兩個之外，青春池和地獄谷都是未卜之數，更何況後面還有一個極樂島！

不可能！！

剩下五天時間，怎麼可能完成任務？

你這樣對我吼叫對事情有幫助嗎？

那是因為我希望…

大師父會有辦法……

大師兄為了去找「妳」，到現在還沒回來！

「妳」倒是睡得很香嘛！

你是在說「我」還是在說「她」？

「妳」少裝無辜了！

不想再悶在房間裡了，我要出去走走！

哇！這麼多警衛？

啊！

小朋友別亂跑，老闆娘有交待，所有客人不准外出。

騾駝很吸引你吧！

妳少來煩我。

想不想找個伴一起出去找人哪？

妳也想出去找大師兄？

討厭！別亂猜。

可是下面有好幾個警衛！

我的迷魂針可以讓他們一覺到天亮！

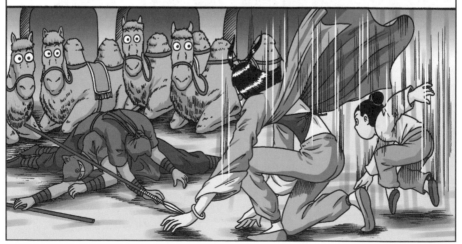

多麼悲慘呀！

沒想到我的人生是被臭鳥嘴結束的。

被鳥咬死了能上天堂嗎？

肯定會被那些死狗仔恥笑的

HAHAHAHAHAHA

烏龍院大師兄！

好遜哪！

甚至連下地獄也很沒面子！

什麼東西？

大師父！胖師父！
你們為何笑得
那麼開心？

難道我真的是個沒人
要的討厭鬼嗎？不要
拋棄孤獨的我呀！

bye bye

bye bye

你們叫我以後
往哪去呢？

我是一隻迷途
的可憐小鳥
啊……

笨蛋！

啊！那是大
師父呼喚我
的暱稱！

師父！
救命呀！

笨蛋！

笨蛋！

別一直叫我笨蛋嘛！

這樣我會很沒面子的……

笨…

嘎！

不妙！

那些醜八怪鳥的出現，代表著前方有腐屍！

難道是……他們已經掛了！

大師兄！

沙克少爺！

人肉香QQ♪

好吃呀♪好好吃

再啃一腿

DEN☆ DEN

天哪!!

禿鷹合唱團

DON DON

不要!!

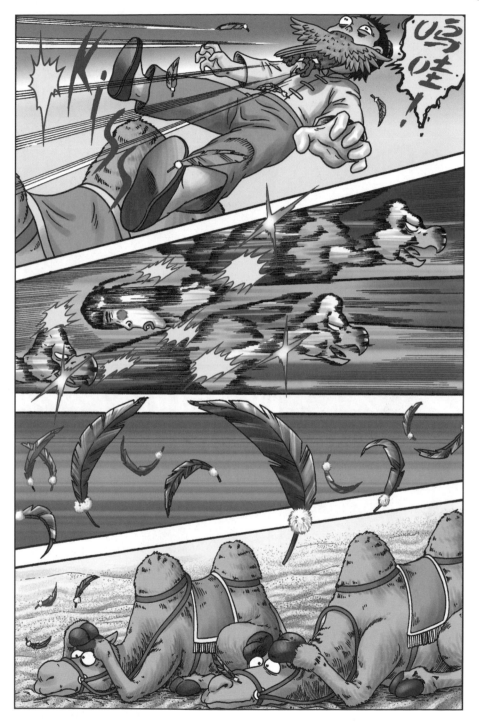

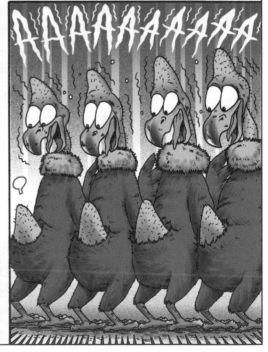

HO‧PU
PU PU PU
PU PU PU
PU PU PU
PU

嗚 嗚 嗚

遜！

咦？這隻是辣婆婆養的鸚鵡嘛！

牠好像要為我們帶路！

呱 呱 呱 呱

呱 呱

呃…

是大師兄和沙克！

大師兄

小師弟

大師兄

小師弟

噴！

ZOOM

大……

師弟！你的嘴巴變得又大口水又多！

不是我，那是馬臉姐姐。

舔～

喂！你可別現在才昏倒呀！

呱！

沒事的！快扛上駱駝帶回一點綠吧！

第 67 話

背脊上的寄生物

張總管咳出肺血也難以道盡的痛楚

這些駱駝能騎了嗎？

都醒了，但是四肢無力無法騎乘。

前去地獄谷的兩個人沒回來！

現在又失蹤了兩個人！

真是雪上加霜。

真是…

張總管還好吧？

看你愈咳愈厲害了！

沒事

沒事

我只是有一點不舒服。

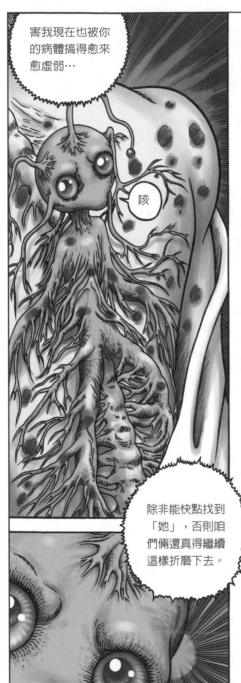

害我現在也被你的病體搞得愈來愈虛弱…

咳

為何上蒼要安排這種殘酷的遊戲呢？

除非能快點找到「她」，否則咱們倆還真得繼續這樣折磨下去。

長白雪嶺，百萬年唯一僅存的「陰陽同株」，卻成為人間貪婪爭奪的獵物。

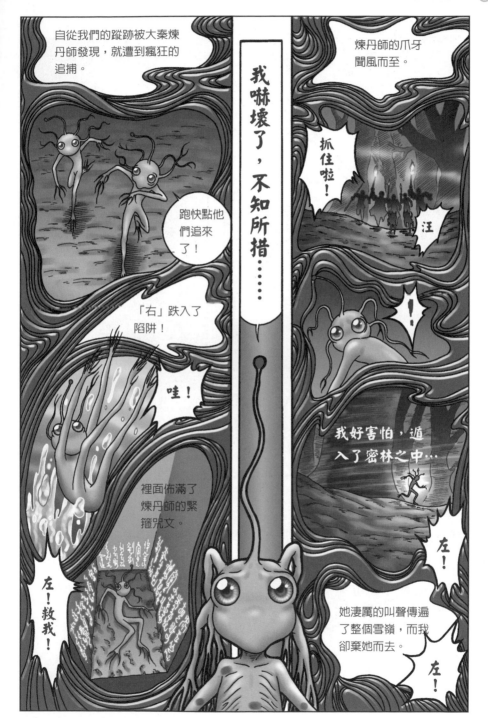

聲音突然靜止，「右」被煉丹師帶走！

失去了她，我悔恨自己的懦弱。

要下山去救她，必須先要找一個寄生宿主。

嗚…

偏偏就遇上了你。

一個肺癆末期要到山上自殺的窮酸書生。

咳

咳

咳

喂！

我們來談一筆交易怎麼樣？

嗚啊呀！

一千多年老掉牙的故事，你說不膩嗎？

膩了也沒辦法，誰叫你是唯一的聽眾。

快去看看他們帶回來什麼好東西！

張總管！去地獄谷的人回來啦！

POM POM POM

一個重傷昏迷，另一個雙目失明！

TA TA TA TA

他們從地獄谷有帶什麼回來嗎？

咳 咳 咳

你急什麼？沒看到他們都受傷了嗎？

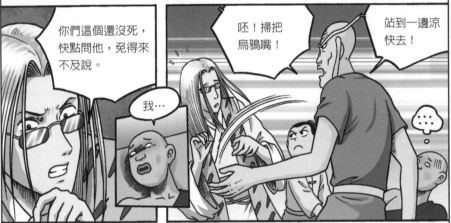

你們這個還沒死，快點問他，免得來不及說。

我…

呸！掃把烏鴉嘴！

站到一邊涼快去！

沙克…他…他還行嗎？

臉色發紫，氣息如絲，重度休克……

看來是撐不了啦！

他如果真的死了…

那我就……

大師父！徒兒好苦，好委曲呀！

進入沙漠的第一天就差點被流沙活埋。

哼！

逢凶化吉，超幸運找到了地獄谷的入口。

運用我小光頭的智慧，以「天子」二字開啓了入門密碼。

嗚

陰森的地下堡壘裡橫七豎八躺著近千名集體自殺的秦兵……

火將軍以劍封喉，所有謎底就在他面前一顆棋子上……

然後呢？

我們拼命破解，在最後一刻終於取得了「活寶」！

你們找到了火將軍帶走的「活寶」！

現在「活寶」在哪裡？

但是在逃生的時候，沙克被壓斷雙腳！

危險！

我奮不顧身頂住巨門用力過猛傷及雙目……

幸好，都過關了。

此時卻出現一位意想不到的人物——江少右，她故作好心要營救，但是卻給我們下過毒的水喝！

結果…

江少右？

她為何要下毒手？

因為她就是水觀音假扮的！

利用我們找到活寶，然後她再漁翁得利！

你是說活寶被她奪走了？

是的。

⋯⋯

水觀音好惡毒！大師兄受苦啦！

活寶被奪走，你們為何不去追？

一個瞎子，一個瘸子，能去追誰呀？

沒有拿回活寶不如死在沙漠，你還有臉回來！

你敢再對我徒弟吼一句試試看！

閃開！閃開！我都還沒發飆，你們冒什麼火！

水觀音那老不死的女妖竟敢耍陰，趁人之危奪走了地獄谷的聖物！

太不給火將軍面子啦！

叫我如何向祖先交待！！

……

……

辣婆婆中風啦！

快點抬出去急救！

一陣嘈雜過後，
突然降臨的寧靜。

別愣著！
咱們靠自己
救自己唄！

來吧！就用
我的針灸術為
愛徒醫治！

胖師父何時
會針灸的？

函授課程
初級班。

別動！
開始針灸！

拜託！

刺準一點
……

只有加重十倍！

方位穴道掃射！

萬針齊發！

沒用 沒用 沒用 沒用

SLAM

既然他都說「沒用」了，就把他丟出去當流浪漢吧！

不！我是說針灸沒用！

不是說人沒有用！

咦！我能看見啦！

被大師父嚇好了！

眼科界的奇蹟！

隔壁的沙克就沒有你這樣幸運了!

束手無策了呀!

絲毫沒有反應!

該塗的,該抹的,全都用上了!

只有聽天由命了……

天哪!你們把他當豪豬在處理嗎?

外傷感染加上毒血攻心!唉……

少爺就要斷氣了!

沙克……

你和少爺都喝下了毒水，為什麼你沒中毒？

對呀！你怎麼沒事？

因為……因為我是壯壯的烏龍院大師兄啊！

喝！

不相信嗎？

你們懷疑我嗎？

說實話！有我在別怕他們。

噢。

當時我也喝下毒水。

剎那間，腸子像是斷成了幾百截！

沙克取出唯一一包的解藥要我服下……

我說不要！不要呀！

但是他說雙腿已斷，要我保留體力，至少還能扛著他回去……

所以我就服下了解藥……

若能拯救沙克少爺，我們葫蘆幫必當湧泉相報！

喲！火爆刺蝟頭現在倒變得客氣起來啦！

...

若是你們救不了少爺，我就第一個拿你開刀！

烏龍院秘傳的「魂歸回天術」奧妙深似海。

豈是我這傻徒弟能知曉的！

對！對！對！全天下只有咱師父才懂！

真是會瞎掰！

噓！

魂歸回天術？

而且當我施法的時候，絕不能有外人干擾磁場！

一旦破功……

所有在場的人全會立刻氣絕身亡。

暴斃！

呃！

要開始施法啦！離遠一點！

快出去！

叭喱薩摩耶！

薩摩叭喱耶，叭喱薩摩耶。

叭摩薩哩耶
叭摩薩哩耶

叭摩

叭摩

叭摩

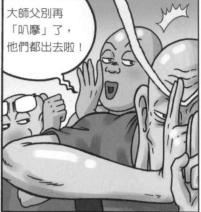

大師父別再
「叭摩」了，
他們都出去啦！

妳瘋了呀！剛才
為什麼說可以救
他呢？

害我裝瘋
賣傻！

就是嘛！

因為活寶僅僅
剩下最後三天
期限，但是還
有三關未破。

看來是不可
能拼完元尊
全身了。

所以倒不如
救他一命。

就算是我為
人間做一點
善事吧！

況且我還蠻
喜歡這個煉
丹師的……

我就知道
妳在暗戀
他！

事實上這也是我最後一次施展活寶剩餘的原力了。

不！不會的……

三天之後……

我將氣數流逝，徹底消失……

你要答應我，三天期限一到，要將艾飛的遺體親自交給艾寡婦。

告訴她…

艾飛，是個好女兒。

妳別講得這麼悲情，行不行？

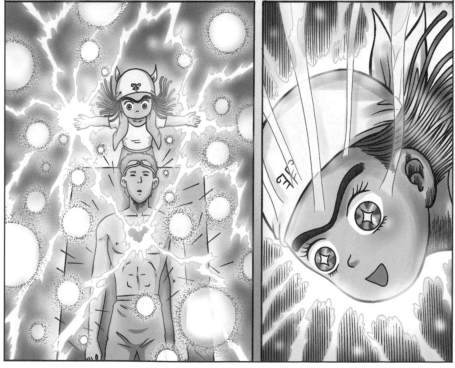

快送她回房！

艾飛！

算他命大，被救活啦！

噢！太好了！

少爺！

沙克少爺！

奇蹟呀！腐壞的傷口竟然痊癒了！

他們是怎麼辦到的？

蒼白的臉也恢復了血色！

咦？怎麼會有口水漬？

咳！

煉丹師被救活了？快讓我看看！

剛才……是誰在幫他治療的？

是烏龍院的長眉用「回魂術」救了少爺！

剛才還除了他們師徒還有誰在場？

咳

還有那位一直跟著他們的小女孩。

小·女·孩

小師弟…

幹嘛一副憂鬱王子的樣子？

艾飛只剩下三天能活。

我能開心得起來嗎？

告訴你一個小祕密。

肯定能逗你開心！

水觀音奪走的是一個「假活寶」

那是沙克用墓中秦兵的枯手假冒的！

真的活寶在哪裡？

激起精神了吧！

Den!

嘿！

快說呀！真的活寶呢？

不告訴你！

讓你猜！

一定是被你藏起來了！

喔！厲害！一次就猜到！

剛才師父他們都在。

你為什麼不交出來？

只剩下三天時間，活寶絕對拼不齊，咱們留一手，免得最後人財兩空。

聰明吧！

糊塗呀！大師兄！你實在太自私了！

反正艾飛也活不了幾天，

咱們以後還有大半輩子要過。

將來師父老了、死了，要靠誰來養活我們？

你……

這段活寶足夠發一筆大財啦！

不行！你快把活寶交出來！

嘻！作夢！

咦？這裡怎麼突然變得濕答答的？

第 68 話

壁上移動的眼睛

令人毛骨悚然呼吸停頓的恐怖女將軍

臭！

分不清是她的水，還是……

囉嗦！

咕嚕！

咕嚕！

你們快把那截真的活寶交出來！

呸！休想！我藏在全世界最神祕的地方。

我去過青春池，發現許多可怕的事！

你完全就是個殘暴的女魔頭！

都已經是老妖婆了……

還會臉紅害臊。

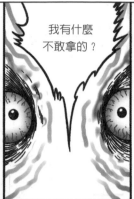

我有什麼不敢拿的？

警告妳，我一個月沒洗澡囉！

拿出來！否則我就淹死他！

別殺小師弟！我拿出來給你！

師父快跑！
海嘯要來啦！

閃人哪！

哇！比上次
更滾燙！

感覺快
虛脫了。

大開殺戒，
速戰速決。

咕～

嚕～

師父先別管
味道了！

快告訴我
現在該怎
麼辦？

臭！

吞下去，不能讓她得到。

您開玩笑吧？

對！聽他的，快吞下去！

你敢！

吞哪！

我…

你敢！

快吞！

咕～

噎…住…了…

難…吃…

我要把你剝開來！

呸！

張總管的扇子！

青山本不老
為雪白頭

綠水原無憂
因風皺面

張總管！

肺癆仔深藏不露！

一把紙扇切斷水觀音的手臂！

酷

超詭異！

好令人意外！

聰明的江少右小姐

糊塗的水觀音將軍

妳的心犯了一種錯，叫做「貪」。

你究竟是誰？莫非也是衝著活寶來的？

你猜對了！

其實，真正的「活寶」是陰陽同株。

當年煉丹師劫走的叫做「右」。只有對女性才能有延命的效果。

所以，

妳和龐貴人吃了以後可以活到現在。

哇噢！說了一大串……

好複雜。

你有沒有聽懂？

一點點

咦！

幹啥一直看胸部？

奶子變大了。

喔！真的耶！

那是因為你剛才吞下的那截活寶是陰性。

接下來你會性別錯亂導致抓狂而死。

大師兄變成師姐？

不！人家才不要當女生。

人妖～

聲音也變得嬌滴滴啦！

嚶

師父呀！我該怎麼辦啊？

抓狂啦！

剛才都是你叫人家吞的。

現在又不理我了。

始亂終棄的壞男人。

思維也開始女性化了⋯⋯

有處理方案嗎？

嘰

強迫他拉出來！

人家才不要！那樣好丟臉！

扭

大師兄，如果不快處理，你⋯⋯

我好命苦⋯⋯

我們不想失去你這個伙伴。

還要與你當一輩子的烏龍師徒。

討厭～

男人就會用花言巧語來騙女生。

第 69 話

我的名字叫「左」

千年追尋苦戀到天荒地老的癡男

咳！思緒突然被打亂了……

剛才…我說到哪裡了？

你最後說到：五行將軍起了貪念，在斷雲山瓜分活寶！

嗯

嗯

天底下有誰會不想要長生不老？

不要講得滿口仁義道德，有誰拿到活寶會不想佔為己有！

難道妳還未頓悟嗎？水觀音？

這一千多年來，妳費盡心思在尋找的是什麼呢？

不是長生不老？那她找的是什麼？

並非是長生不老呀！

大師父！

烏龍院豈是好欺負的！

不妙！

PATA PATA PATA！

不堪一擊！

怎麼回事？

好燙呀！

水觀音啊水觀音，妳體內只有五分之一活寶的原力。

而我，是擁有百分百原力的「左」！

所以，

自不量力的妳呀……

才最不堪一擊。

我的身體分解了！

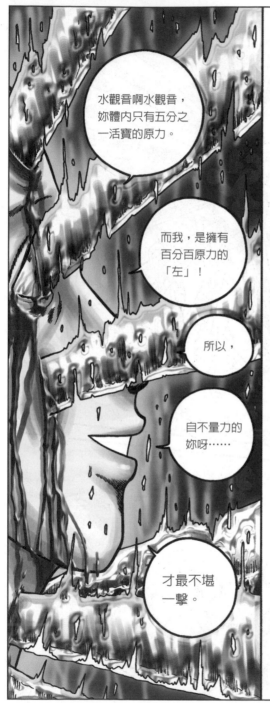

妳的身體進入到我的原力之中。

只可惜這是臨終的感受了。

因為妳即將人間蒸發！

啊！

水觀音垮掉了！

「左」徹底吸收了她體內的能量！

哎呀～

喔！

泡茶喝！噁不噁心？

不浪費水資源！

敗了！

只剩最後一口氣……

大事不妙也！

MA！！

難道偽裝被發現了？

師父！我的肚肚脹到不行了！

三十倍的瀉藥威力驚人哪！

有瓦斯味！

臨界點！

高度危險！

快閃！要刮颱風啦！

不行了…

嗯～

出菜囉！

EEEK

嗚…一千多年長生不老的美夢，竟落得如此下場……

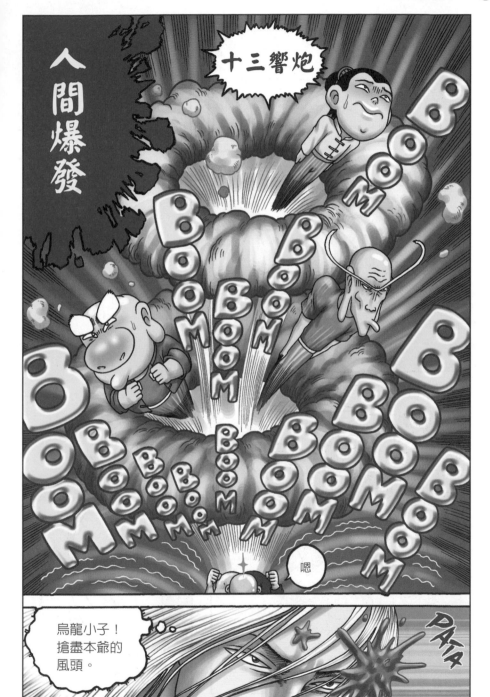

哇！

PATA

大師兄可憐哪！拉到脫水啦！

整整瘦了一大圈。

肚子裡的活寶呢？

噴到哪裡去了？

羨慕的腰圍！

第 70 話

滴不盡相思淚為花愁

寶貝，挖個洞把自己埋了別再想我

我被煉丹師用咒卷縛身綁回大秦，日夜受盡煎熬！

好不容易脫困逃出咸陽，卻又遭到五行將軍的追捕。

就連我的靈魂也被禁錮在寒冷的地宮。

最後在斷雲山被抓到，他們竟然把我活生生的劈成五段！

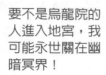

要不是烏龍院的人進入地宮,我可能永世關在幽暗冥界!

咦?是烏龍院的功勞啊!

是我第一個發現的!

嗯?

當然是在大師父英明領導之下……

而你呢?在我最絕望、最無助的時候,你在哪裡呢?

左!

嘿！快點跟她道歉哪！

女生都喜歡聽好聽的！

你有點情調嘛！

快點說吧！

．．．．．．

蚊子叫嗎？大聲一點！

對不起……

哼！

急死人了！就只會說對不起呀！多講一些好聽話嘛！

別逼他，男女感情錯綜複雜，外人最好少插手。

那為何我泡妞的時候，你又跟蹤又偷窺？

男子漢別害羞，心裡有話就要一吐為快！

我…只想對妳說……

咳咳咳咳咳咳咳咳咳咳咳咳

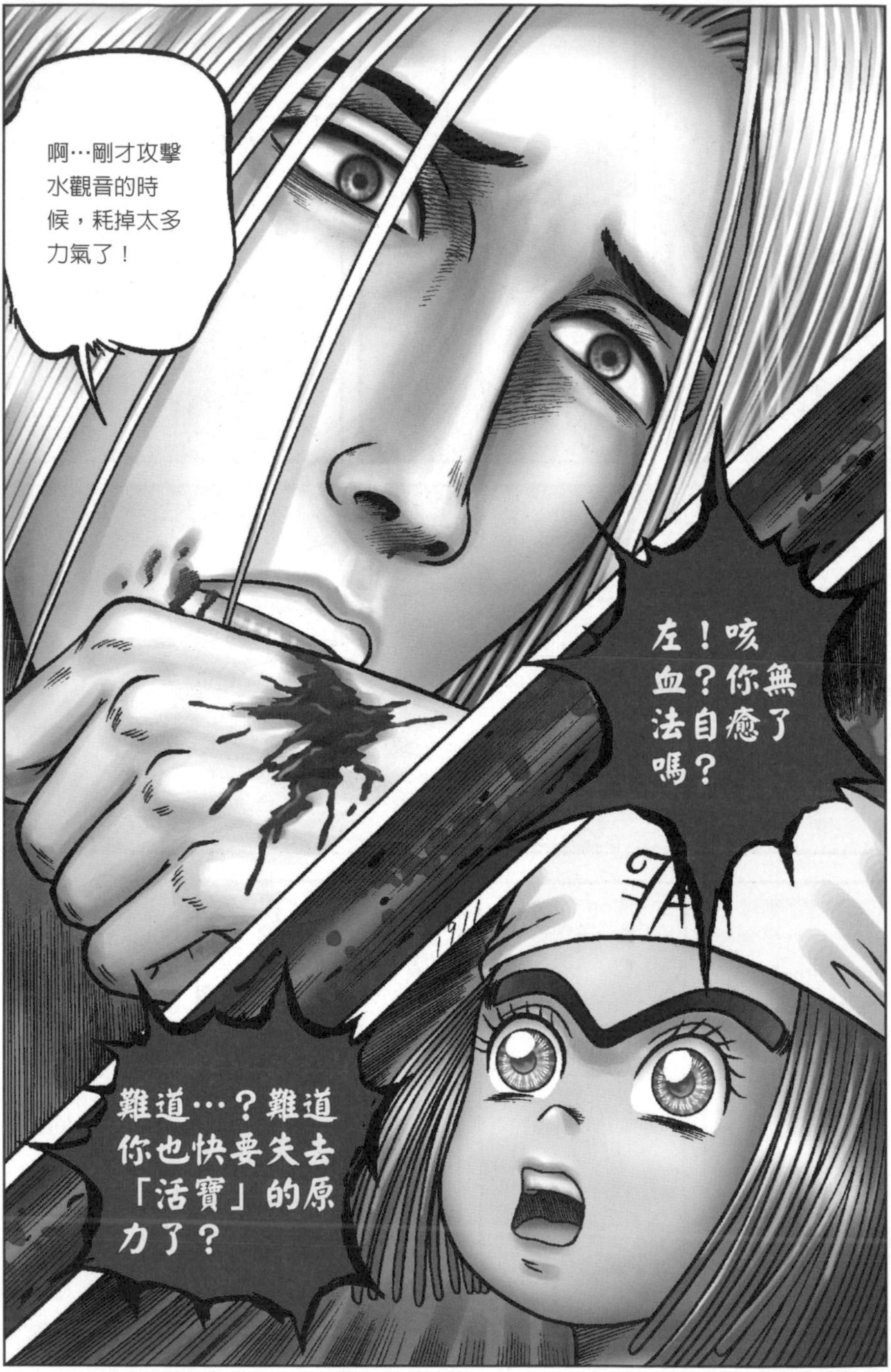
啊…剛才攻擊水觀音的時候，耗掉太多力氣了！
左！咳
血？你無
法自癒了
嗎？
難道…？難道你也快要失去「活寶」的原力了？

這是個好主意！

脫離艾飛再去找一個頂替的附身。

不要了！

不想再這樣繼續下去了……

想開一點嘛！

連我們這麼短命的都想多活幾年了……

你說誰短命？

大師父壽比南山！龜鶴延年，松柏長青……

妳何苦要為了一個小女孩放棄自己呢？

你給我閉嘴！

不要再說啦！

超悍的！

我⋯

我只是⋯

只是⋯⋯
想說⋯⋯

叫你閉嘴！
沒聽到嗎？

OH.

窩囊！

被女生吼兩
句就嚇得腿
軟了！

你們活寶一
族是母的當
家嗎？

怎麼連一點雄
性威嚴都沒有
啊！

呃！

你也給我閉嘴！

⋯⋯

難道你還不明白嗎？

多少人因為爭奪活寶而失去他們僅有的生命。

我們的存在，說穿了根本就是「死神」。

活著

好累呀！

活著好累？妳怎麼講這種喪氣話？

長眉，你去勸勸她唄！

活著，好累？

活著，好累！

活著？好累？

你累不累呀？頭都轉暈了！

活著……

活著會累嗎？？？

我覺得不會呀！

清晨的陽光多麼有朝氣！

中午來一碗洋蔥肉片蓋飯！爽呆了！

冬天搞一鍋涮羊肉！溫暖哪！

早餐有熱呼呼的豆漿和燒餅！

夏天吃一盤紅豆冰透心涼！

好耶！

可是除了吃，
其它的
就……

不好玩
了！

每天從早
到晚忙不
完的事！

砍柴、燒飯、
洗衣、拖地……
粗活全是我在幹！

早上要練功

下午要唸書

大考小
考考不
完……

吃苦
當吃
補…

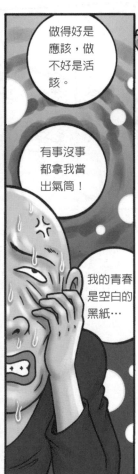

做得好是
應該，做
不好是活
該。

有事沒事
都拿我當
出氣筒！

我的青春
是空白的
黑紙…

活著果然非常累啊！

這裡還輪不到
你發表高見！

是！

弟子知命
也。

相思難‧別亦難。
千年苦戀好不容易天涯重逢，錯綜複雜的心情尚未平歇，但是當「左」聽
到「右」決定前往斷雲山自絕僅存的兩天陽壽時，他終究還是歇斯底里地
吶喊出了：不！不！不！不！不！不！……

畢卡索立體派模式

梵谷神經質麥田模式

和風京都浮世繪模式

多啦a夢可愛Q版模式

重金屬嬉皮搖滾模式

八大山人潑墨寫意模式

新潮流〈萌〉動情模式

無厘頭傻瓜表演模式

敖式漫畫反傳統模式

此時的左已陷入絕望深淵，除了痛徹心扉的嘶喊：「不！不！不！不！不！不！不！不！不！」之外，他還能說些什麼呢？

天荒地老的痴情，破滅了。愛到盡頭，淚為誰流？心悠悠恨幽幽。

妳…改變心意了嗎？

還來！

左

還？

還什麼？

裝傻？還給她那兩截「肢體」！

我可不可以留下一隻手當作愛的紀念品？

多變態呀？

有你這樣的男友太恐怖了！

我同情你的遭遇，自古多情空餘恨。

你錯了！

我可可不像你這麼愛哭！

面對感情挫折，你的懦弱比較像他。

你不應該把當年三人的戀情又往事重提！

原來你們是三角戀！

我可沒那麼複雜！

長眉，可以告訴我嗎？

她後來呢？

那位「相思夫人」後來如何了？

她，死了。

不，她沒死！

對我而言，在心裡，她早已死去。

嗚哇！都是你害的！她本來應該可以嫁給我的！

無言的結局或許是最好的選擇吧！

乖

別哭了

心裡難過嘛！

愛情是自私的。

甚至是盲目的。

其實事過境遷，再回頭來看那段往事。

還真是當局者迷呀！

原來兩位師父從前還曾經是情敵？

有夠誇張！

你們提起這段往事，是不是在暗示我？

哀莫大於心死！

不要聽他們的！你我感情豈是凡夫俗子能比。

不要再分手了！

長眉！就因為你以前得不到真愛，所以也不願意看到別人得到！

你這個自私的混蛋！

當初是你先為了保全你自己，在大山裡背棄了她。

我……

你現在不過是背負著一顆愧疚的心而已。

你不配說「真愛」，你這叫「贖罪」。

贖罪！

走之前，還有什麼話要對他說嗎？

前世的

今世的

來世的

我不要聽，太傷感了！

第 71 話

咳到血濺衣襟也要愛

辣婆婆語重心長勸君莫當痴心郎

咳咳咳

咳咳咳咳

咳咳咳

啊！

竟然咳出了身體的一部份！

恐怕…撐不了多少日子了………

我已經在…在…崩潰了！

張總管！

現在不應該再叫你張總管了，

辣婆婆！

應該稱呼你「左先生」！

潛伏在我身邊，低聲下氣，只是為了挽回逝去的愛……

不過照目前的發展看來……

這真是出乎我的意料呀！

似乎也出乎你的意料之外吧！

是的。

計劃永遠趕不上變化。

辣婆婆借我一些錢，我想去買一樣東西。

你想買什麼？

是買花嗎？

買花再去狂追一次！

好浪漫噢！

是去買什麼呀？

去買我的命。

我是個怪物

呵呵呵！形容得真恰當！

啊！每個童話故事裡的怪物，最後都會被殺死，然後女主角便從此過著幸福快樂的日子……

能活，總也得能死吧！

可以問你一個敏感的問題嗎？

你的命多少錢可以買？

對呀！一定很貴吧！

或許……

就只要一瓶烈酒的錢吧。

那麼便宜？

你是在大拍賣嗎？

真慘…

看來，左先生是真的準備放棄自己了。

除了這條……這條爛命…

我已一無所有。

這些錢拿去用。

找個地方痛快醉上幾天。

那我就謝了！

左先生，以我的第六感，你和她是不會這麼容易就結束的！

咳

咳

咳

婆婆，妳就這樣放他走嗎？

他是個活寶呀！

！

不！他是個禍根！

幸好，左的力量是附身在這個懦弱的書生身上。

否則，就有大亂啦！

所以，還是讓他去吧。

咳 咳 咳 咳 咳

匪夷所思呀。

少爺仍在昏迷狀態，不可輕舉妄動！

肥羊就要跑了，現在不動就沒啦！

找得到活寶不代表一定能得到活寶。

我們必須先有計劃。

你是什麼意思？

兩個活寶都現身了，咱們還不快動手？

沒聽他們說嗎？計劃趕不上變化！

但是最起碼，先要有計劃才會有變化，看到了變化，再來改變計劃！

本爺沒時間跟你咬文嚼字。

你不幹我自己幹！

什麼化？

什麼碼？

聽得頭都暈了！

什麼劃？

你如此著急行動，是不是想要私自獨吞活寶？

沒有！
沒有！
沒有！

你可別給本爺亂扣罪名哪！

二位護法，少爺醒了！

......

嘘

少爺！

少爺！

我的腿！

是誰醫好了我的腿？

一路上跟隨烏龍院的小女孩，原來就是活寶的附身。

是她救了少爺。

是她？

還有更意外的發現是……

我來說！我來說！

辣婆婆身邊的那個張總管，竟然是活寶陰陽同株的另一半，叫做「左」！

對呀！我有說錯嗎？

呃……本來我主張親自去抓給少爺的……

抓到了嗎？

但是無塵叫我別私自行動……

所以就讓他倆給溜了！

混蛋！錯失良機！

少爺的腿力比以前強勁好幾倍！

這是活寶效應嗎？

哇噢

哇噢

哇噢

若我沒猜錯你是準備繼續追下去吧！

奉勸你適可而止。

年輕的煉丹師！

就此打住這場永無休止的悲劇吧。

一個只剩兩天的陽壽，一個肺部快被咳穿。

塵歸塵，土歸土。

就讓這對可憐的怨偶自然往生吧！

臭老太婆管什麼閒事快閃開！

不可以對婆婆無禮！

我看辣婆婆真的是年紀大囉！

辣味也老化成酸味！

臭

還記得你吃下那道叫做「無心」的菜嗎？

殘留在你體內的是遇寒則發的冰毒！

所以我也勸你別再管別人的事了。

好好的享用剩下不多的日子唄！

今年冬天，你就可以準備後事了。

婆婆！

祝你天天玩得開心！辣婆婆！

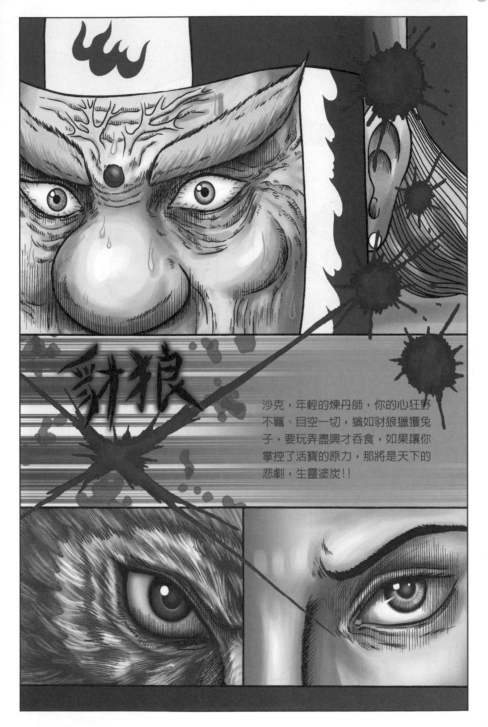

沙克，年輕的煉丹師，你的心狂野不羈、目空一切，猶如豺狼獵獲兔子，要玩弄盡興才吞食，如果讓你掌控了活寶的原力，那將是天下的悲劇，生靈塗炭！！

第 72 話

孤寂苦菊偏要叫樂桃

樂觀到不行的艾寡婦大愛有偏差

咦？

是你們在呼喚我嗎？

我們把妳的女兒艾飛送回來啦！

哦！多謝！

把她放著就行了。

艾寡婦！

妳女兒她就快死了。

艾飛……

母女生死相會一定哀號到肝腸寸斷……

嗚

受不了……

麻煩抱進屋子裡，

我把花澆好再來看她。

HO~HO

HO

她們進去很久了

臨終的道別是人間最痛

艾飛已經昏迷，連和她母親說句話都難了。

可憐的孩子……

嘡！

守著平安的燭光。

送艾飛最後一程吧！

嗚

金屬擲地的聲音！

艾寡婦！

難道她傷心欲絕，想自殺？

好不容易在多年之後重逢的活寶「左」和活寶「右」，卻仍然無法放下過往的情感糾纏，一個決定以消極的等待來耗盡陽壽，一個則是打算主動將自己生命了結掉。但是一大群窮追不捨的各方人馬，真的會這麼輕易就放過活寶嗎？烏龍院的師徒們又將面臨怎樣的挑戰，是要幫活寶「善終」，還是繼續盡最大的努力爭取時間，幫助活寶找回真身呢？來歷神祕的沙克‧陽，這次將目標轉移到「張總管」身上，又會使出什麼樣的手段？活寶之謎一層層解開，卻又不斷開展出新的謎團，出乎所有人的意料……敬請期待，烏龍院精彩大長篇《活寶10》！

精彩草稿

刊头 B

張臺夫女飄逸的表現

編號❶ 俏皮的活寶「左」

「左」這個角色從四眼牛肉麵的「洗碗打工仔」，一路演變到辣婆婆的總管，最後的身份原來是千年苦尋失落愛情伴侶的陽性活寶。這部分浪漫的橋段安排，得到許多粉絲的熱情追捧！烏龍院漫畫裡很少出現的男女感情對手戲，在「左」的身份曝光後，成為讀者們最想探底的小八卦。這張Q版的「左」，身形飄逸，凌空飛起，要將手指上的一顆小紅心獻給對方。然而，他們倆最終會是佳偶天成，亦或是天涯折翼單飛呢？大師父說得入骨：「男女感情錯綜複雜，外人最好少插手！」那麼就讓咱們期待著看看「左」的一陽指，是否能夠爆出愛的火花囉！

相君早歸

編號❷ 沙漠交通之王

這張刊頭插圖在畫的時候，正好從內蒙古返回廣州，腦袋裡仍不停倒帶著一幕幕壯闊的草原風光。此次前往內蒙，也走了一趟金沙灣沙漠進行觀光，首次騎著駱駝在遼闊的大漠裡繞上一圈，不禁懷疑起像我們這種從小在都市裡長大的「飼料雞」，能獨自在那樣的環境中不依靠便利商店，不用手機，沒有馬桶，沒有汽車……，存活超過二十四小時嗎？即使給你一頭駱駝，恐怕連如何拜託牠向左向右轉，都還是個難以克服的技術問題吧？對呀！畫稿裡這兩個角色的眼神，似乎也透露著我的心態呢！

敖幼祥生活筆記之 耕 耘

兩千頁！兩千頁！

烏龍院大長篇《活寶》就快邁過兩千頁大關了！

兩千張紙疊起來有多高？

兩千張稿排起來有多長？

管它的！反正興奮地跨過去，繼續向三千頁衝吧！

這幾年大部分的時間都花在創作這部作品上，大長篇形式的漫畫需要有超級的耐心去耕耘！欸～一說到「耕耘」二字，最近又特別有心得……

上個月好不容易才把一小塊農地整理好，準備享受一下田園模式的創作生活。鄉村清新的空氣有助於思考，耕作勞動流下辛苦的汗水，也有助於身體健康，讓長久伏案創作的中年男子重返芳香的泥土。啊！幻想著藍天白雲、鳥兒歌唱、綠意盎然、蝴蝶飛舞……

噹！噹！噹！醒醒吧！

這樣一幅夢幻的美景，馬上就因為渾身的肌肉疼痛而破滅了！

才第一天下田，不到五分鐘，就在田埂裡鬆土鬆到氣喘吁吁！半個小時下來汗衫全濕了，更令我恐慌的是，右手過度勞動的結果，竟然是讓拿筆畫線的時候無法畫直線，頻頻出現了「自然抖」！

墾地耕作是實際又實在的勞動，花多少力氣，就能得到多少的成果。土鬆好了，埋下種子，澆上水分，就剩下耐心等待了……但是這不像泡麵那麼快，水一沖就搞定。或許還真的是因為自己屬猴的，沒

耐性，早上才埋種子，下午就跑去看看有沒有
動靜，果不其然！泥土還是泥土，傻瓜還是傻瓜。第三天下了不少的雨，又急急忙
忙地往那兒瞧！嘻！冒芽了！冒芽了！土堆裡劈哩啪啦冒出不少一點一點綠色的小
芽！生命真是奇妙呀！澆點水下些雨就能自然生長！太偉大了……咦？可是新的問
題又來了！因為之前沒見過菜芽長什麼模樣？所以分不出哪個是雜草芽，哪個是青
菜芽，想拔雜草又怕錯拔了菜芽……媽呀！怎麼辦呢？

　　一個中年男人就這樣，蹲在田裡發呆了好一陣子……還是安分點吧！回去趴在
桌上，繼續跨過兩千頁，朝前方繼續耕耘吧！

敖幼祥 2008年3月12日於廣州

敖幼祥生活筆記之 小 車 學 問 大

二○○八年的一月，家裡添購了一輛新車，是NISSAN的休旅車。

買之前特別花了一番功夫研究，哪個廠牌口碑好，哪個廠牌折扣低，早上喜歡本田，下午愛上豐田，晚上又看中路邊一輛中古車！真是三心二意……最後還是請出咱們的寶貝女兒來參與，果然小學一年級的選擇要比老頭子單純且爽快多了，小手一指：「這輛我喜歡！就是它了！」

說到買車，我的經驗足足可以寫出一本「冤大頭購車血淚史」。真的不是吹牛，世界上像我這麼好騙的男人還真是絕無僅有了。記得生平第一次買車，也是千挑萬選，從早看到晚，後來在好心的友人勸說下，先買了輛二手車開開，免得新車買來當炮灰！對呀！他說的也有道理。好！那就開始挑中古車唄！可是這挑來撿去，好像變成他在買車了，最後相中一輛「愛快羅密歐」黑色雙門跑車！好吧！銀貨兩訖成交！結果那輛車從買進來當天開始就沒有一天讓我舒服過。一下子漏機油，一下子電動窗不動了，修來修去真是把人給整慘了！最後是修車行老闆看我傻得可憐，同情地對我說：「老兄，你把它當廢鐵賣了算啦！這種大撞過的車，再怎麼修都像在補破爛！」什麼？此車大撞過？真是一語驚醒夢中人！從此以後再也不敢買二手車了！

有了第一次經驗，我的第二輛車當然是選擇全新剛出廠的囉！但是那種驕俗的心態依然是最大的障礙。太普通的車款不屑一看，太高級的賓士寶馬看了也白搭，只有找那種有點騷包，但又價格中廉的車型。結果汽車公司還真的是很會打如意算盤，算準了有我這種半缸子水的消費者，推出一款雙門轎車，正好就符合了我的需求，二話不說簽字訂車！可是，這滿大街的為什麼就沒見過幾輛這種車呢？等到車子牽回來才知道，原來此款車型滯銷，原因是冷氣不冷，板金太厚，耗油量高，後座不適，反正接下來的兩三年，我仍然是修車行的好主顧。結果，上次那個很同情我的老闆，這次還是溫柔地拍著我的肩膀說：「老兄，你趕快把它當作中古車賣掉算啦！這種爛車過兩年就沒價啦！」

敖幼祥 2008年1月31日

時報漫畫叢書 FT823

活寶 9

作　　　者—敖幼祥
主　　　編—林怡君
編　　　輯—李振豪
美術設計—黃昶憲
執行企劃—鄭偉銘
董 事 長
發 行 人—孫思照
總 經 理—莫昭平
總 編 輯—陳蕙慧
出 版 者—時報文化出版企業股份有限公司
　　　　　10803台北市和平西路三段二四○號三樓
　　　　　發行專線—(○二)二三○六—六八二四
　　　　　讀者服務專線—○八○○—二三一—七○五 (○二)二三○四—七一○三
　　　　　讀者服務專線—(○二)二三○四—六八五八
　　　　　郵撥—一九三四四七二四 時報文化出版公司
　　　　　信箱—台北郵政七九~九九信箱
時報悅讀網—http://www.readingtimes.com.tw
電子郵件信箱—ctliving@readingtimes.com.tw
法律顧問—理律法律事務所陳長文律師、李念祖律師
印　　　刷—華展印刷有限公司
初版一刷—二○○八年四月二十一日
初版四刷—二○一二年十二月十五日
定　　　價—新台幣二八○元

ISBN 978-957-13-4827-8
Printed in Taiwan